명창

명창

초판 1쇄 2008년 3월 3일
지은이 김일연
펴낸이 김영재
펴낸곳 책만드는집

주소 서울 마포구 합정동 428-49번지 4층 (121-886)
전화 3142-1585·6
팩스 336-8908
전자우편 chaekjip@chol.com
출판등록 1994년 1월 13일 제10-927호
ⓒ 김일연, 2008

ISBN 978-89-7944-276-2 (03810)

명창

창

김일연 시집

책만드는집

거친 파동은
고요와 응시를 향하고

안벽岸壁에 핀 꽃은 바다를 보고 있다

이 아침
딱딱하게 굳은 모든 말들은
처음 눈뜨는 초식동물의 숨결 같은 것이 되기를
다시 꿈꾸고 있다

이 시집을 시집이 안고 있는 모든 풍경에게 바친다

— 2008년 2월 서리풀에서
김일연

| 차례 |

4부

1부

저물 무렵

우두커니 서 있던 산의 키 점점 줄어
따뜻한 흙집이 된 제 그림자 속으로
어느새 몸을 누인다 고요하고 빠르다

포플러 잎 딛고 간 구름의 흰 발바닥
길섶에 핀 들국화 마르지 않은 향기가
먹지에 음각으로 판 판화처럼 떠 있고

여린 날개 비비며 풀무치가 우는 잠시
숱 많은 머리칼을 내 어깨에 풀어놓고
어둠은 제 모든 체온 내 품에 맡기고 있다

명창

죄는 다 내가 지마 너는 맘껏 날아라

진초록에 끼얹는
뻐꾸기
먹빛
소리

외딴집 낡은 들마루

무너져 앉은
늙은 아비

삶의 레시피

조리의 순서 따라 양념의 분량 따라

있던 맛도 없어지고 없던 맛도 생기니

한목숨 경영하는 일 정성이라 새긴다

모자라면 모래 밥 넘치면 죽밥 되는

베풀고 감춰야 할 마음도 그와 같아

한평생 자식 사랑도 절제라고 이른다

목련화

눈 둘 데 차마 없어 멀리서만 바라고

이만큼 비켜서서 옷자락 몰래 보고

짧은 날 그렇게 가고 기다림만 남습니다

삶의 고통 속으로 들이붓는 폭음보다

죽음의 고통 위에 꽂는 아편보다

내 앞에 꽃피는 그대 더 아픈 환각입니다

소름

실낱같은 다리는 부러져 눌어붙고
한데 뭉쳐 허적이던 날개는 바스러져

날것들 주검이 되어 온통 뒤덮은 차창!

두 눈이 뚫어져라 운전대에 매달려
휘달려온 밤은 지나 남은 킬링필드에

외줄기 전조등이 꺼진

햇살, 이
어지럼증

그리움

참았던 신음처럼 사립문이 닫히고

찬
이마 위에
치자 꽃이 지는 밤

저만치, 그리고 귓가에

초침 소리
빗소리

저 산의 어깨를 안고

더버기 잡목 숲은 삭정이 희뜩하고

해 지난 낙엽이나 바싹 말라 뒹굴고

푸서리 산비둘기 몇 마리
어스름에 쏠리겠지

녹슨 철책 따라 약수터 쉼터 가는

에움길 흰 흙바닥 쓸쓸히도 드러난

저 산의 어깨를 가만 안고

고요히
춤추고 싶네

한 줄기 영혼을 보듯

야틈한 하늘 귀에 길 잃은 초승달이
눈 닦고 다시 보니 새봄 매화 한 가지

빗소리 그친 후인지 붉은빛 제법 돈다

좁다랗게 이은 골목 아스라한 담장 끝
세속의 몸을 나온 한 줄기 영혼을 보듯

가던 길 멈추고 서서 너를 아껴 보노라

우수 유정有情

유리창에 투둑, 툭 날 풀리는 소리 나고

살얼음 녹는 하늘은 처마 끝에 비어 있고

펼쳐둔 낡은 시집은 오솔길 희붐하다

오스스, 소매 끝에 곧추서는 보푸라기

무슨 기별 오시는가 당겨진 저 시위를

가지 끝 물오르는 소리 귀 기울여 듣는다

거리에서

오랜 그리움만으로도 지금은 가혹한 때

말라붙은 혀끝은 너를 불러보는데

인생은 땅에 닿기도 전에 증발하는 빗방울 같아

황야의 신호등이 깜빡거리는 길 위에

사자에 쫓기는 영양, 가젤 떼 같은 것 되어

이대로 언젠가 덥석 목덜미를 물릴 것 같아

오랜 그리움조차 잊어 더욱 가혹한 저녁

한데 뭉쳐 달려가고 달려오는 것들이

허탈을 이기지 못해 아우성인 이 거리

가을이 진다

허공을
베어내며
햇살이 미끄러진다

툭,
지는
세상 저편
그 잎이 이고 있던

눈 시린 하늘 한 장이

손바닥에
앉는다

달 항아리

산굽이
붉은 길도
비울 만큼
비웠으니

치마폭에
꽃가지
기러기도 얹지 마라

내 님이 돌아오시면

님이
채우시려니

사랑을 믿는다

열매도 없이
꽃이 시들었네

꽃 진 그 자리에
애절했던 눈물만

눈물만 남아 있기에
그 사랑을
믿는다

서귀포에 내리는 비

－이중섭 주거지에서

누우면 꽉 찼겠네
서면 꽉 찼겠네

단칸방은 일 점 사 평
부엌은 일 점 구 평

하늘이 구겨져 있네
바다가 접혀 있네

아이랑 닭이랑 소랑
함께 놀던 그 하늘

아이랑 게랑 물고기
같이 놀던 섶 섬 바다

빗속에 능소화 한 점
눈시울이 붉었네

2부

고니의 잠

뾰족한 부리는 날개 밑에 접어두고

둥글게 구부린 목은 몸속으로 묻었다

한없이 내면을 향한 원형原形의 시간이 있다

별

연필을 깎아주시던 아버지가 계셨다

밤늦도록 군복을 다리던 어머니가 계시고

마당엔 흑연 빛 어둠을 벼리는 별이 내렸다

총알 스치는 소리가 꼭 저렇다 하셨다

물뱀이 연못에 들어 소스라치는 고요

단정한 필통 속처럼 누운 가족이 있었다

남천*

물소리 안고 가는
산길 끝에 절 한 채

메숲진 능선에는 구름 있어도 그만

그 아니 구름까지도 더불어 가는 하늘

몸이 산에 있다 한들 마음이 속세면 뭐 하나

산도 절도 구름도 내 뜰에 펼쳐놓고

잎, 잎은 작은 새 발자국

그 놀다 간
발소리

* 매자나뭇과의 상록 관목.

만종晩鐘

내 귀는 기억할까 흑백사진 낡은 속을

시간의 바퀏자국 그 안의 녹슨 고요

고요의 소실점에서 풍화風化하는 종소리

잃어버린 초상

과묵한 광대뼈에 구름이 묻어 있다

수평선은 크렁크렁 눈자위에 차올랐고

콧날은 험난한 항로 숨김없이 내보이다

고집 센 귓바퀴를 타고 내린 짙은 그늘

표정을 덮고 있는 무성한 수염 아래

목젖엔 외로움의 뼈가 하마 굵고 억세다

슬픔의 바닥

십 미터에 하나씩 늘어선 곰 인형처럼

세발 촛대 생각하는 사람 비너스들 사이사이

낚시용 간이 의자에 궁둥이를 겨우 붙인,

차들이 지날 때면 부풀었다 꺼지는

경기도 넘어가는 인적 끊긴 밤길에

물방울 나비 타이 맨 멀뚱한 곰 인형처럼……

길동무

겨우 몸을 추스른 창백한 낮달 속에

옹이 같은
아기 같은
모과 한 알 안겼다

수만 리 길은 멀어도 마음만은 하나로

동백꽃나무 되다

떨어지면 지는 대로 꽃잎 자리 깔아놓고

온몸에는 꽃 사태
그 안에 또 꽃봉오리

터뜨려
연방 피우는
피우며 또 지우는 춤

대어본 손끝으로 나무의 피가 온다

한 발 넣고 또 한 발
한 숨 넣고 또 한 숨

이윽고 동백에 들어

무아경을

엿보다

서울 엽신

밥으로 살지 않고
기계로 살지 않고

사람으로 사는 일
아직
늦지 않았으리

무성한 여름 숲에 가

길을
다
잃고 싶다

가는 길

숨차는 아내의 손도 자주 잡아주면서
늙은 부부 꽃 터널로 지팡이 짚고 갑니다

피는 꽃 피게 놔두고
지는 꽃은 지게 두고

서며 구부리며 해맑게 웃기도 하며
그 곁에 젊은 부부 유모차 밀고 갑니다

꽃잎이 흐르게 두고
어깨에 머물게 두고

귀뚜라미

풀 한 포기 없고
섬돌 하나 없는데

귀뚜라미 운다
담벼락
부서진다

도회의 수챗구멍 속에서
바락바락
더 크게 운다

새덫이 있는 풍경

햇살을 털어내며 마당에 앉은 참새를

덫 줄의 끝을 잡고 엿보고 있는 아이

숨조차 멈춘 허공이
끊어질 듯
팽팽하다

어둠과 빛
그 경계를
새는 바자닌다

조심조심 쭈뼛쭈뼛 줄 위에 올라선 아이

솜털이 일어서 있다
목덜미가
파랗다

안개

피톨로 돌고 있는 못다 한 사랑의 말

뼛속에 접혀 있는 날지 못한 날개와

죽어서 태어난 아이의 배냇짓 자욱하다

누군가 내 몸 안에 현미경을 들이대고

세포마다 퍼져버린 자욱한 눈물 원자原子

물컹한 아메바 같은

나를 풀고 있다

3부

풀잎에게 배우다

비에도 땡볕에도 바람에도
지지 않고

여린
연둣빛들
일어선다 자란다

고난은
용수철인 것
풀잎에게 배우다

어떤 파적破寂

더위 먹은 바퀴들 제 풀에 헐떡헐떡
아우성인 급물살을 지른 횡단보도에

귀먹은 딱정벌레로 건너가는 짐수레

층층 쌓은 고물들 산더미로 올리고
생업의 처음에서 마지막을 더듬듯

등줄기 땅을 향하여 더듬이로 굽은 노인

찰나도 겹파 같은 무언의 정지 화면
숨은 채 내다보는 관음증의 눈들을

한 방에 뭉개버리는 저 느림의 파적

어머니

비바람 눈보라에 제일 먼저 닿는
탑신塔身

제일 밑바닥에 남아 사람 만드는
초석礎石

온몸이
모서리가 된
둥근 이름
어머니

꽃 피는 돌

깊은 산 꽃나무 아래 계곡 물 맑았습니다
그 물속에 거울 같은 곱돌 하나 있어서

수천 년 흘렀습니다

꽃잎이 떨어졌습니다

물의 날에 베이고 바람살에 긁히고
꿩 노루 삵의 발톱에 찢기고 짓이겨지고

수천 번 맺지 못한 마음만

닿았습니다 꽃같이

그리운 것들은

－청도驛에서

구름의 봉홧불이 날마다
피어오르고
바람은 옷자락을 한사코
흔들어봐도
끝끝내
그리운 것들은
가고 오지 않는다

눈물 콧물 먹고 큰 맨몸의
살이 먼저
눈부신 저 햇살 속을 황홀히
다쳐오는데
끝끝내
소멸하는 것들은
와서
가지 않는다

에미에게

내 걱정 하지 말고 아이들 건사 잘하고⋯⋯

젓갈 냄새 묻혀서 꼭꼭 눌러 쓰신 글씨

도마에 무채 썰듯이 반듯하고 나란해

품속에 아껴둔 빳빳한 지폐 몇 장과

남은 세월 건강하고⋯⋯ 너를 위해 쓰거라

고향에 눈이 오는지 해가 벌써 저물어

향기로운 눈물

석삼년 묵었다는 묵은지 한 보시기를
한 점 먹고 슬그머니 젓가락 놓고 보니

곰삭은
고추 맛 같은
가을 해가 부시다

오늘 보는 저 나무는 어제 나무 아니고
오늘 듣는 새 소리는 어제 소리 아니네

사람도 단풍 드나 봐

향기로운
눈물이

낙법落法, 한번

낙법, 한번 배웠다 그렇게 생각해
무수한 꺾임으로 별빛은 온다잖아
상처가 빛이 되도록 내 안에 불을 켜자

흙집

어둠은 어느새 불 밝힌 한 채 흙집

나무도 오솔길도 들어와 누워 있고
아이는 제 방에 있고
어머니도 계시고

길섶에 핀 보랏빛 이슬 젖은 눈시울
저린 가슴 빈 곳에 살포시 기대어오네

들국화 누워 있는 곳

나도 이 밤
한 채
흙집

봄 어느 날

꽃은 나무의 울음
겨우내 참았던 울음

목련화가 피듯이
꽃이
지듯이

그렇게 그대 몸속에
설움을 울고 싶어요

살아도
살아봐도
가슴 아픈 날이면

밥 잘 먹고 똥 잘 누고 오줌 잘 누면
낫듯이

눈부신 세상 밖으로

나를

누고 싶어요

동지

다 쏟아낸 것인가

애증도
몸부림도

깨끗한
한 장 수건

개켜논 아침이여

새날은
정갈한 맑음

거기서
일어서라고

울고 있는 풍경

콘크리트 쇠붙이 벽돌 타일 유리에

바보야, 이 바보야 눈보라는 때리고

바보야, 이 바보야…… 하며 눈시울이 젖는 골목

콘크리트 쇠붙이 벽돌 타일 유리에

춥지……, 춥지 하며 눈송이는 덮이고

아프지, 아프지 하며 온몸이 우는 도회

말없음표를 위하여

마음이 다녀가는 길엔 말도 글자도 없다

수다로도 침묵으로도 다 할 수 없는 그곳을

물에 뜬
징검다리 디디듯
저어하며 가시라

4부

꽃무릇 보러 갔더니

선운사 꽃무릇*이 만개했단 소식에
떠나간 옛사랑을 뵈오는 듯 갔더니
야위어 뼈만 남아서 노을 이고 섰습디다

칼금 진 붉은 상처 갈래갈래 터진 것을
가만 덮어두라고 아직은 때 아니라고
발끝에 낙엽 같은 것 자꾸 내려 쌓입디다

가뭄 끝에 단풍도 애가 마른 그 길을
석쇠에 까맣게 탄 가을 전어를 놓고
동동주 한잔 마시고 내려오며 눈물납디다

* 잎이 지고 난 후 갈래 진 주홍빛 꽃이 핌. 잎과 꽃이 서로 만나지 못하는
  상사화.

61

투신

유월 한낮
붉디붉은
수박 속 한가운데를

일순, 내지르는 칼끝
날카로운 경적

한 남자 건장한 몸을
내던졌다
수직으로

절벽에 가 부딪는
백시白視*의 새였는지

눈보라 자욱한 한강
생의 한가운데

날개를 찾아 헤매던

충혈된

구두 한 켤레

* 극지 등에서 심한 눈보라나 안개로 일시 시력을 상실하는 현상.

폭포

한바탕 쏟아짐이 시원하지 않으냐
밤낮 쏘아대는 철없는 화살 뭉치를
말없이 받아주는 깊이가 또한 좋지 않으냐
네 모양 내 모양이 아무리 다를지라도
맹목의 부딪침에 상처 하나 없으니
멀리서 보는 사람아 눈물 나게 좋지 않으냐

비어秘語

지상의 맨바닥을 헤매어 닿은 자리

낡은 이매 탈로
누우신 한 켤레 신

햇살의 스포트라이트 밑창까지 들키고

아! 홀가분하다 주름으로 웃고 있는

무연한 하늘 우러른
마지막 한마디 말은

신발로
걸어야 할 날만이
네 앞에 남아 있다고

부레옥잠을 안고 있었죠

속초 들어 황탯국 집 이우는 꽃밭 속에
싱싱한 부레옥잠* 떠 있던 맑은 수조
금붕어 노는 모양을 한참이나 보았죠

산자락 초입부터 걸음 아껴 오르니
마음은 편안하고 눈이 맑았나 봐요
내 곁에 바람의 지느러미 노는 것을 또 보고

돌아가는 행렬이 수십 리 뻗었지만
먹고 자고 웃으며 눈 맞추는 사람마다
한 아름 부레옥잠 뜬 물두멍을 안고 있었죠

* 폐수를 정화하는 수생식물.

만추晩秋

가득하고 묵직하게 달이 찼다 만삭이다
젖 먹던 힘을 다해 네 힘껏 밀어내렴

마지막 혼을 넣듯이 가을볕은
쏟아지고

어머니가 될 일 몸 풀 일만 남은 들판
해산 온 딸에게서 혈육을 받아내듯

해종일 할머니 혼자 가을을
받으시고

씀바귀 꽃이 혼자

봄바람 댕기 끝을 새치름히 입에 물고
빈 마을 검불밭에 소박데기 한나절
혀끝에 아릿한 달이 훔쳐보는 그 속내

남은 햇살 한 고봉 새참 받는 먼 들판
늙은 소 울음만이 맴도는 고샅길을
머리에 흰 꽃을 꽂고 오도카니 보고 있네

길도 많다

풀덤불 속을 보니
하!
길도 많다

도로 사용 승낙서에 도장 받을 일도 없이

빼곡한
풀잎 지붕으로 가는
오묘한
이치도 많다

산보

감꽃이 지는 소리 이맘때쯤 들리리
감꽃
줍듯
유리 조각 주우며
은발에
구름도 얹어
한가로운 할머니

구르는 물방울 증손녀 손을 잡고
바람에
부리 씻은
새소리로 웃으신다
오가며 발소리 없으니
고대
날아가겠다

멀미

환한 별 불을 놓아 다비하는 백양목
은빛 갈기 휘날리며 승천하는 찰나를

그 아래 늘어져 자는 깜깜절벽 먹통 바위

무진장한 오뉴월 땡볕 그만큼이면
무궁토록 불어온 바람도 그만큼이면

돌부처 잠깨었겠네
애고,
그이 부처신가

물꽃

그저
여울인 것을
바위인 당신 만나

일말
주저 없이
산산이도 부서져

당신을 감싸 안으며

나를
꽃 피웁니다

노을의 기도

산딸기 익는 덤불 물방개 도는 개울도
푸새 자락 휘감은 저 산도 비어갑니다

등불도 초저녁 별도 아직은 그냥 두세요

저녁닭 홰에 울고 한 뼘 처마 낮아지면
돌아오는 발소리들 문 앞에 수런대고

마당엔 하얀 꽃잎이 또 한 잎 떨어지겠죠

고요히 지는 꽃잎이 다시 경전經典입니다
그 발에 입 맞추도록 그 말씀 다 읽도록

아직은 어둠 오기 전 잠시, 서게 하소서

파도야

파도야, 방파제를
때려다오
삼켜다오

내가 다시 모자반 산호초의 춤이 되어
가득한 수평선으로 일렁이는 그때까지

바다의 구름 속을 들고 나는 곡예사
펄떡이는 황새치의 지느러미 될 때까지

파도야 부수어다오
이 딱딱한
덩어리를

5부

겨울 편지

소설小雪입니다 설핏한,
마음에 눈이 옵니다

무릎을 꺾듯이
급기야 폭설이 되고

나무가 쓰러집니다
산이 무너집니다

용서라는 말씀도
이처럼 한없을까요

나뉘어간 길과 길들
처음으로 돌아와

말없이 합쳐지는 한때를
당신에게 부칩니다

바람이 울고 있다

겨울 오는 갈대숲에 바람이 울고 있다
고꾸라지며
뒹굴며
몸서리치는 저것은

서 있는 갈대가 아닌
그를 흔드는 바람이다

빈 벌판을 삼천 배 눕혔다 일으켰다
빛인지
그림자인지
흰 등을 내주고 있는

저것은 갈대가 아닌

아득한 시간이다

성에

떨리는 눈길이 멈춘 지상의 어느 경계
첫새벽 유리창에 나뭇잎같이 꽃같이

이 세상 순결함으로 너는 내게 왔구나

빛깔로 사랑 않겠다
향기로 사랑 않겠다

얼어 죽을망정
녹아 죽을망정

흰 발로 어둠 헤쳐 온 두려움 없는 마음만을

차가운 내 유리창에 금관같이 은관같이
밤새 깎고 정을 쪼아 그 마음 세공한 널

이 세상 어여쁨으로 가슴에 안아보느니

저녁 정류장에서

미망이라 할 것인가
망설임, 또
서성임

늦도록 길 위에 선 부어오른 발을 보다

한 동이 계곡 물 길어
발등 위에
붓고 싶다

희미한 저녁 별도 그을음을 닦는지

도라지 꽃 빛 시간은 바쁘게 쫓겨가고

붐비는 사람들 틈에

텅 빈

정류장

겨울 아침

눈이 왔다, 여기는 다시 눈부신 폐허

저 희고 광막한 고요
그 사무침으로

일어나
쌓인 눈덩이를
한 삽씩
퍼내야겠다

눈꽃

혼을 다해
내려온

저 흰 것은 가여움

내게도 밤을 새운 애련哀憐만이 남았으니

네 우주 천지간 가득

피어 있는
나 있겠네

홍시용 감

열흘이나 한 보름 그냥 됐으면 좋지

저 푸른 가을빛은 못내 섭섭한 낯빛

감나무 가지 끝에는 못내 섭섭할 달빛

짧은 날도 길게 가는 열흘이나 한 보름

상자 속에 들앉은 떫은 속들 어떤지

잘 참고 잘 삭고 있는지 자꾸 궁금한 허공

처서 무렵

어쩌다 길을 잃고 들어온 작은 날것
형광등 빛 눈부신지 탁자에 툭 떨어진다
얼결에 책을 편 채로
있는 힘껏 내리치다

얇은 날개 가는 다리 부스러기가 되었다
머쓱하다, 활자 뒤로 한발 물러난 더위
다 마른 눈물 자국 같은
얼룩, 너무 엷다

단풍잎 편지

하고픈 말 너무 많아 어떻게 시작할까

주고픈 맘 너무나 커 무엇으로 전할까

단풍잎 한 잎 보내고

그냥

넣어둬야지

비와 외등

눈 위에 발자국만 시리도록 비춘 외등
떠난 사람 보내라고 그 자취 지우라고

어깨를 토닥거리는
봄비
오시는 길목

일박一泊

흐르는 것들만이 죽비로 깨어 있다
물소리로 겹치는 산과 산 검은 이랑을
거슬러
치고 오른 달
은어처럼 빠르고

쏟아 붓는 달빛의 돋을새김 속에는
낯선 길바닥을 헤매던 고무신과
적막한 기억을 쓸던 시간의 붓 자국만

마음이란 먹을 갈아 일필휘지하고픈 밤
이별보다 만남으로 남은 날을 채우고져

두 눈은 아픈 내부를
깊숙이
응시하다

풍장

윤기 도는 지렁이가 풀밭에 나와 있다

한참 지나 다시 봐도 가만히
누워 있다

햇볕에 몸은 마르는데 산새 깍깍 우는데

땅 위에
하늘 아래
장마 끝 환한 풀잎에

비이슬 묻어 있는 바람결 귀를 묻고

제 몸을 비우고 있는 크고 검은 지렁이

성인聖人

못생기고
재미없고
배경 없고
능력 없는

나 만나 다 늙었다고 아내 등 쓸어줍니다

나 만나 고생했다고 남편 손 잡아줍니다

분출과 절제,
그 자유로운 보법步法으로 빚은 시

박시교 시인

1

　김일연 시인의 다섯 번째 시집 『명창』에 수록된 시편들은 정형시만이 가질 수 있는 덕목인 응축과 균제미를 아주 잘 드러내고 있었다. 단시조에서는 극히 절제된 보법과 구와 구, 장과 장 사이의 시 행간 처리가 돋보였고, 여기에 더하여 연시조에 폭넓게 나타난 서정의 두께 또한 흔히 대할 수 없는 한 경지를 열어 보이고 있었다.

　특히 자신만의 낡은 추억을 '별'처럼 영롱한 보석으로 빛나게 하며, 그것도 객관적인 진술로 빚어내는 그의 시적 저력은 사뭇 경이로웠고, 가슴에 꼭꼭 눌러 챙겨두었던 상처를 어느 순

간 '폭포'처럼 쏟아놓는 활력 또한 간단치가 않았다.

언제나 그렇듯, 시집에 따라붙는 발문이나 해설을 쓰는 일은 여간 조심스럽지가 않다. 다행하게도 한 사람의 독자로서 시를 읽는 재미가 여간 녹록한 것이 아니면 맡은 바 소임이 수월해지지만, 몇 번을 거듭해 읽으면서 몇 작품을 겨우 골라내야 하는 고역이 뒤따르게 되면 여간 고통스럽지가 않기 때문이다. 그러나 『명창』에서는 먼저 눈이 가게 마련인 단시조부터 골라 여러 편을 읽다가 어느 작품으로 글머리를 풀어갈 것인가 하는 생각을 거듭해야만 했다. 그만큼 언급하고 싶은 작품이 많았다. 먼저 「명창」을 택하기로 한다.

    죄는 다 내가 지마 너는 맘껏 날아라

    진초록에 끼얹는
    뻐꾸기
    먹빛
    소리

    외딴집 낡은 들마루

    무너져 앉은

늙은 아비
　―「명창」 전문

　짧은 시의 행간行間을 통해 유추해볼 수 있는 시의 바탕은 무엇이던가. 우리가 흔히 말하는 한국적인 한恨에 다름 아닌 이 눈물겹도록 가슴을 아리게 하는 풍광에 "진초록에 끼얹는 / 뻐꾸기 / 먹빛 / 소리"로 귓전을 쟁쟁하게 울려준 것은 아니던가. 그렇다고 한다면, "외딴집 낡은 들마루"와 거기 "무너져 앉은 / 늙은 아비"는 이 시의 내용을 압도하고도 남을 무대장치임에 틀림이 없다. 이 절묘한 장면을, 마치 징검다리를 건너뛰듯 행과 행 사이에 긴 서술을 숨겨두고 단시短詩로서 갈무리한 그의 시적 역량에 다시 주목하지 않을 수가 없다. 역시 시조의 요체는 단수에 있으며, 「명창」은 그 묘미를 제대로 느끼게 하는 작품이었다.

　뾰족한 부리는 날개 밑에 접어두고

　둥글게 구부린 목은 몸속으로 묻었다

　한없이 내면을 향한 원형原形의 시간이 있다
　―「고니의 잠」 전문

인용한 작품은 앞의 「명창」에 비해서 다분히 지적 묘사가 두드러져 있다. 고니의 잠든 모양을 통해서 "한없이 내면을 향한 원형의 시간"을 유추해내는 김일연 시인의 시의 힘이 돋보이는 작품이라고 할 수 있다. 따라서 「명창」 같은 울림을 중시하는 많은 작품이 있는가 하면, 「고니의 잠」처럼 시인의 의식의 밑바탕을 받쳐주는 날카로운 시선도 간과할 수 없음을 여러 편의 작품에서 확인할 수 있었다. 같은 유형의 작품 한 편을 더 옮겨보자.

비에도 땡볕에도 바람에도
지지 않고

여린
연둣빛들
일어선다 자란다

고난은
용수철인 것
풀잎에게 배우다
─「풀잎에게 배우다」 전문

이 작품에서는 '용수철'이란 시어가 크게 자리한다. 여린 풀잎과 용수철의 등식을 통해서 생명의 소중함과 무게를 나타내려고 했음은 두말할 나위가 없다.

그런데 그런 시인의 의도가 적확하게 맞아떨어져서 그 빛을 발하고 있음을 목격할 수가 있었다. 아주 단순한 듯한 자연의 이치를 단순하지만은 않은 것으로 받아들여지게 하는 이 시의 매력은 무엇일까. "풀잎에게 배우다"라고 하는 겸허함이 종구終句와 잘 맞아떨어졌기 때문일 것이다. 인용한 세 편의 단시조를 통해서도 그의 역량은 충분히 입증된다.

연필을 깎아주시던 아버지가 계셨다

밤늦도록 군복을 다리던 어머니가 계시고

마당엔 흑연 빛 어둠을 벼리는 별이 내렸다

총알 스치는 소리가 꼭 저렇다 하셨다

물뱀이 연못에 들어 소스라치는 고요

단정한 필통 속처럼 누운 가족이 있었다

－「별」전문

  오랫동안 시인의 깊은 내면을 차지하고 있던 빛바랜 추억이 마침내 영롱한 빛을 발하게 되었다. 「별」로 생명을 불어넣었기 때문이다. 마치 그림 동화 한 편을 보고 있는 듯한 이 따뜻함. 새삼스럽게 시가 우리에게 무엇이냐고 누가 묻는다면 '별'이라고 곧바로 대답해도 전혀 문제 될 것이 없다는 생각을 문득 해 본다. "물뱀이 연못에 들어 소스라치는 고요" 그 전율도 답일 수가 있을까?

  "마당엔 흑연 빛 어둠을 벼리는 별이 내"리는 밤 "단정한 필통 속처럼 누운 가족"이 있는 풍경, 「별」은 그래서 한 편의 그림 동화처럼 아름답다.

  겨울 오는 갈대숲에 바람이 울고 있다
  고꾸라지며
  뒹굴며
  몸서리치는 저것은

  서 있는 갈대가 아닌
  그를 흔드는 바람이다

빈 벌판을 삼천 배 눕혔다 일으켰다
빛인지
그림자인지
흰 등을 내주고 있는

저것은 갈대가 아닌

아득한 시간이다
　─「바람이 울고 있다」 전문

　'갈대─바람─시간'의 한 접점에 겨울이 있다. 그래서일까,
김일연 시인의 시 가운데에서는 상당히 차분하게 가라앉은 편
에 속하는 작품이다. 겨울 갈대숲을 흔드는 바람, 그리하여 "빈
벌판을 삼천 배 눕혔다 일으켰다" 하는 "빛인지 / 그림자인지 /
흰 등을 내주고 있는" 저 갈대의 쉼 없는 흔들림은 차라리 "아
득한 시간"이라고 정의를 내리고 있다. 겨울이 오는 길목에서
화자가 맞이하고 있는 바람, 저 아득한 시간 속 갈대는 빛의 그
림자일 뿐이라고 했다.
　겨울을 노래한 또 한 편의 시 「겨울 편지」도 읽는 재미가 상
당했다.

소설小雪입니다 설핏한,
마음에 눈이 옵니다

무릎을 꺾듯이
급기야 폭설이 되고

나무가 쓰러집니다
산이 무너집니다

용서라는 말씀도
이처럼 한없을까요

나뉘어간 길과 길들
처음으로 돌아와

말없이 합쳐지는 한때를
당신에게 부칩니다
―「겨울 편지」 전문

　결코 쉽게 쓰인 시가 아니지만 쉽게 읽히는 매력은 편지투에
담긴 호소력 때문이 아닌가 싶다. 마음에 눈이 내리고, "무릎을

꺾듯이 / 급기야 폭설이 되고", 나무가 쓰러지고, 산이 무너지는 그때 "용서라는 말씀도 / 이처럼 한없을까요"라고 뇐다. 그리하여 서로 "나뉘어간 길과 길들"이 온통 눈에 덮여서 헤어지기 전으로 돌아왔으니 간절하게 "말없이 합쳐지는 한때를 / 당신에게 부칩니다"라고 끝맺는다. 이만한 겨울 편지를 쓰는 화자도 그 글을 받을 상대도 눈처럼 차고 눈부실 것임에 틀림없다. 또 한편으로 생각하면 더없이 따뜻한 눈인 것도 같다. 그렇게 느끼게 하는 것은 같은 계열에 속하는 작품 「폭포」를 읽으면 보다 더 분명해진다.

한바탕 쏟아짐이 시원하지 않으냐
밤낮 쏘아대는 철없는 화살 뭉치를
말없이 받아주는 깊이가 또한 좋지 않으냐
네 모양 내 모양이 아무리 다를지라도
맹목의 부딪침에 상처 하나 없으니
멀리서 보는 사람아 눈물 나게 좋지 않으냐
ㅡ「폭포」 전문

인용한 작품도 화자의 심정을 직설적으로 곧바로 토로하듯 줄글로 표기함으로써 아주 쉽게 읽힌다. 「겨울 편지」가 애잔한 그리움을 흰 눈에다 그렸다면 「폭포」는 간절하고 애틋함을 화살처럼 쏟아지는 물줄기에 담았다고 할 수 있다. "밤낮 쏘아대는 철없는 화살 뭉치를 / 말없이 받아주는 깊이"의 그 상대를 두고 "맹목의 부딪침에 상처 하나 없으니" 얼마나 다행한 일이냐고 위안한다. 그러면서 "멀리서 보는 사람아 눈물 나게 좋지 않으냐" 하고 반문하는 여유까지 보이는 대목에 이르면 실제로 눈물이 번질 것 같은 착각을 일으키게 하는 것도 이 시의 매력이라고 할 수 있다.

2

『명창』에는 꽃과 풀을 소재로 한 시가 10여 편 된다. 직접적인 관련 작품만도「목련화」「남천」「동백꽃나무 되다」「꽃 피는 돌」「봄 어느 날」「꽃무릇 보러 갔더니」「씀바귀 꽃이 혼자」「물꽃」등을 꼽을 수가 있고, 이들 중에서 몇 편은 앞에 인용한 작품과 비견될 만했다.

물소리 안고 가는
산길 끝에 절 한 채

메숲진 능선에는 구름 있어도 그만

그 아니 구름까지도 더불어 가는 하늘

몸이 산에 있다 한들 마음이 속세면 뭐 하나
산도 절도 구름도 내 뜰에 펼쳐놓고

잎, 잎은 작은 새 발자국

그 놀다 간
발소리
　—「남천」 전문

　관상용인 매자나뭇과의 상록 관목 남천을 소재로 한 이 작품
은 좀 색다르다. 마지막 3행인 둘째 수 종장 "잎, 잎은 작은 새
발자국 // 그 놀다 간 / 발소리"라고 한 남천의 깃꼴겹잎의 모
양을 새의 발자국으로 그린 종장을 결구로 놓지 않았다면 굳이
앞에서와 같은 분류에 따르지 않아도 될 작품이다. 물론 처음의
"물소리 안고 가는 / 산길 끝에 절 한 채"와 남천의 서식처가 같
은 장소일 수도 있고, 산길 끝에 서 있는 남천을 그렇게 묘사했
을 수도 있다. 그러나 여기서는 그 어느 쪽이든 하등 문제 될 것
이 없다. "메숲진 능선에는 구름 있어도 그만 // 그 아니 구름까
지도 더불어 가는 하늘"이라고 하여 이미 매이는 것 자체를 넘
어서고 있기 때문이다. 그리하여 "산도 절도 구름도 내 뜰에 펼
쳐놓"은 그곳에 남천이 있고, 새 발자국 같은 남천의 잎들을 새

들이 "놀다 간 / 발소리"라고 보았던 것이다. 시각적 묘사를 청
각적으로 환치한 솜씨가 돋보이는 작품이었다.

　한 편을 더 옮긴다.

　눈 둘 데 차마 없어 멀리서만 바라고

　이만큼 비켜서서 옷자락 몰래 보고

　짧은 날 그렇게 가고 기다림만 남습니다

　삶의 고통 속으로 들이붓는 폭음보다

　죽음의 고통 위에 꽂는 아편보다

　내 앞에 꽃피는 그대 더 아픈 환각입니다
　　―「목련화」 전문

　여기서는 목련을 애절한 사랑의 대상으로 환치해도 좋고, 아
니면 "내 앞에 꽃피는 그대"로 실제 인물을 떠올려도 좋다. 어
느 쪽이든 이 시를 이해하는 데는 아무런 문제가 없을 듯하다.

다만 이만한 사랑 시를 쓰기 위해 시인이 앓았을 긴 시간과 그 고통이 얼마만큼 깊었을까 하는 궁금증은 독자로서 가질 만하다는 생각을 했다.

특히 이 시에서는 결구 "기다림만 남습니다", "더 아픈 환각입니다"와 같은 서술 형식이 호소력을 한층 더 발휘하고 있음을 목격하게도 된다. 아무튼 그의 꽃 시들은 꽃처럼 아름답고 또 애절했다.

「삶의 레시피」라는 시에서 김일연 시인은 "조리의 순서 따라 양념의 분량 따라 // 있던 맛도 없어지고 없던 맛도 생기니 // 한목숨 경영하는 일 정성이라 새긴다"라고 노래하고 있다. 이러한 생각의 바탕 위에서 빚어진 그의 시에서 불과 몇 편만을 가지고 전체를 이야기한다는 것은 애초부터 무리인지도 모른다. 그러나 적어도 그가 지향하는 세계가 무엇이고, 그 과정에서 거두고 있는 성과는 무엇인가 하는 정도는 이 짧은 글 속에서 어렴풋이나마 나타냈다고 생각한다.

시적 화자가 그 대상을 객관화하는 데 성공한 몇 편, 섬세한 감성의 두드러진 노출에도 불구하고 독자의 공감을 얻는 데 조금의 부족함이 없었던 몇 편 등 이미 앞에서 언급한 작품만으로도 시집 『명창』은 주목할 만하다고 믿는다. 여기에 더하여 김일연 시인의 시적 보폭을 가늠하는 데에 아주 적절한 작품 한 편이 필자의 관심을 끌었다.

　　우두커니 서 있던 산의 키 점점 줄어
　　따뜻한 흙집이 된 제 그림자 속으로
　　어느새 몸을 누인다 고요하고 빠르다

　　포플러 잎 딛고 간 구름의 흰 발바닥
　　길섶에 핀 들국화 마르지 않은 향기가
　　먹지에 음각으로 판 판화처럼 떠 있고

　　여린 날개 비비며 풀무치가 우는 잠시
　　숱 많은 머리칼을 내 어깨에 풀어놓고
　　어둠은 제 모든 체온 내 품에 맡기고 있다
　　—「저물 무렵」전문

　세상을 바라보는 시인의 예리한 눈과 보듬어 안는 따뜻한 마음이 가장 잘 드러난 작품이 「저물 무렵」이었다. 더러 쉽게 드러내던 감정을 안으로 꼭꼭 감싸 안은 자세도 눈길을 끌었고, 특히 절제된 표현에 가슴을 쓸어내리는 정제된 감성의 매듭이 더없이 튼실하게 느껴지기도 했다. "우두커니 서 있던 산의 키 점점 줄어" 고요하고 빠르게 "따뜻한 흙집이 된 제 그림자 속으

로 / 어느새 몸을 누"이는 산의 저물녘 정경 묘사가 더없이 고
즈넉하다. 또 "먹지에 음각으로 판 판화처럼 떠 있"는 "포플러
잎 딛고 간 구름의 흰 발바닥"과 "길섶에 핀 들국화 마르지 않
은 향기"가 생생하게 살아 숨 쉰다. 여기에 더하여 마지막 3연
은 시의 완결미를 보여주었다고 해도 절대 과언이 아니다. "여
린 날개 비비며 풀무치가 우는 잠시 / 숱 많은 머리칼을 내 어
깨에 풀어놓고" 이제 "어둠은 제 모든 체온 내 품에 맡기고 있
다"라는 마무리가 그러하다.

   이제 김일연 시인은 등단 30년을 눈앞에 둔 중견이다. 거듭
말하지만, 그의 시력詩歷을 가늠하기에 조금의 부족함이 없는
시집 『명창』에서 필자는 고작 10여 편만을 임의로 선별하여 언
급하는 데 그쳤다. 그러다 보니 '분출과 절제' 두 접점에 있는
작품만이 그 대상이 되고 말았다는 것이 아쉬움으로 지적될 수
밖에 없음을 잘 알고 있다. 그러나 한편으로 생각하면, 김일연
시인이 지향하는 바 시 세계와 현재의 모습을 동시에 살펴볼 수
있는 한 계기는 이루어지지 않았나 하는 위안도 해본다. 그러면
서 이만한 역량의 시인의 시집 말미에 또 헛말을 달아 시의 품
위를 떨어뜨리는 잘못을 저지르고 말았다는 점을 덧붙이면서,
김일연 시인의 시 읽기 글을 맺는다.